LOCUS

LOCUS

在時間裡，散步

walk

walk 013
時間的餘溫

作　　者｜王　丹
責任編輯｜林盈志
封面設計｜林育鋒

出 版 者｜大塊文化出版股份有限公司
台北市 105 南京東路四段 25 號 11 樓
www.locuspublishing.com
電子信箱｜locus@locuspublishing.com
服務專線｜0800 006 689
電　　話｜（02）8712 3898
傳　　真｜（02）8712 3897
郵撥帳號｜1895 5675
戶　　名｜大塊文化出版股份有限公司
法律顧問｜全理法律事務所董安丹律師

總 經 銷｜大和書報圖書股份有限公司
新北市新莊區五工五路 2 號
電　　話｜（02）8990 2588

初版一刷｜2016 年 11 月
定　　價｜260 元
I S B N｜978-986-213-744-4

時間的餘溫

王丹 詩集

詩歌就是生命的摺痕

——《時間的餘溫》序

我一直覺得，寫詩是一種動作，努力呈現生命中的各種各樣的摺痕的動作。

而人生最令人無語的就是，當我們越過了生命中的某一個界標，進入下一個階段的時候，最常發生的事情包括：不再把摺痕看作是摺痕，而淡淡一笑地面對；或者，因為時間的積累，摺痕已經粗糙；或者，失去了體會到摺痕的能力，任過早到來的滄桑體驗遮蓋住可以瀏覽內心的窗口；再或者，飛花凌亂，四顧茫然，我們的視線已經不再由自己控制了。於是，寫詩就成了一種鄉愁，偶爾出現在心底。

這是另一場隱私領域的戰役。一方面，生活本身就是裝備精良的軍隊，在指揮官純熟的戰術指導下步步緊逼，氣勢如虹；另一方面，草叢中的抵抗者且戰且退，明知道大勢已去，但兀自尋找不願潰敗的理由；即使不能收復昔日的宮殿，也仍舊被某些氣息牽絆住，無法就這樣離開戰場。就這麼掙扎著，在纏鬥中好歹也染紅過幾面旗幟。那些，就是我們寫下的詩。

這樣的詩當然是我非常真珍視的，不在於詩歌本身的好壞（那本來就沒有固定的標準不是嗎？），而在於這些詩的產生和存在，證明著一些生命中非常重要的東西，仍然存在。我們是用詩歌，來證明我們還可以感受到摺痕的印跡。

感謝大塊文化的郝明義先生和編輯們的念舊與包容，讓我這個非專業詩人的寫詩的人，可以把這些摺痕展示出來；感謝美國晨星文化基金會的支持和督促，讓我一直記得文字和寫作的意義；感謝我生命中遇到的很多人，讓我可以打開電腦，把這些詩寫出來。

——王丹

【目次】

動作出賣了我的悲傷
花朵遂在風中凋謝

想起當年也是這樣的段落分明
比昨天的宿醉還清晰

有些夢想也不需要實現
雨水滲透進時間的縫隙中

時間的餘溫

生命的刀划過皮膚
你像風一樣的容顏

北上

我張開翅膀
沿著風聲的路線北上
在一片大寒的白色裡
看你如同昨天一樣明亮

這是那樣的冬天
我們隨身攜帶著火柴
在河床上點燃山脈

這是那樣的冬天
斷裂的邊界逐漸向南
破裂的弧線逐漸沉陷
我們劃過天空
沿著風聲的路線
一路北上

出發

也就是一聲輕輕的叩擊
我們就坐在這裡了
沒有拉長的時間，而且書桌凌亂

那些邊邊角角的飛揚
就安放在地平線上

也許這就是我們堅持的想像
夢境一直在山裡奔跑，
天空在沒有方向的夜裡靜默
那個開啟鐵軌的概念裡，
你像風一樣的容顏
在時間裡紮根成樹

我還能說什麼呢　關於這個
關於所有漂流的歌
我們不是沒有曾經譜寫過的旋律
和必須輕輕放下的困惑

只是蟬聲已經響起
出發就是唯一的選擇

有雨飄起來的那天

有雨飄起來的那天
我沿著濕潤的樓梯　順階而下
檜木的氣味　寬敞的地下室
眼裡的山谷瞬間模糊

陌生的城市既然無法理解
我們於是隱身在空氣中
習以為常的語言充斥在時間裡
擁抱

還有沉默
這樣的生活光滑飽滿
在詩與作者之間　一目了然

找這樣的城市很久了
還有這樣的季節

那是颱風到來之前
我在房間裡遊走

因為所有的細節都指向一個方向
所以落葉在書籍堆中被發現
我停下來　深吸一口氣
於是　秋天來了

想像

想像這就是一種放逐
一種一敗塗地之後的抵抗
攜帶著黃昏下的光線
我們渴望的自由的傘

還有行李中的你
最多，再放進去桃花的種子

然後離家出走

想像沒有方向的旅行
一路上只有風
還有花絮紛紛落下的雨季
用里程，標記起來我們的音樂
用欲望，祭奠我們的地圖

從來沒有步行過這麼久吧？
我們向背後的遠方告別的時候

就應當猜到了
所有的夢想也不過就是如此啊
穿過思緒，保持不放棄的步伐
就這樣我們一路向前

如果有人攔住我們
那就是我們居住的地方

青春

也曾經是在雨水中書寫過的吧？
那些橫七豎八的文字
那些四處流淌的心情
還有延伸在巷弄中的地平線

我們曾經喜歡夏天
潮濕的泥土和破敗的想像
三兩個春風沉浸的晚上
無數的星光渙散

曾經設想那是一個輕鬆的工作
我們在懵懂的森林裡摸索前進
午夜的鐘聲伸展
白色的想像黃昏一般盛開
年輕的軀體跌跌撞撞

真的很難很難想像

原來
我們就是在這樣的青春中成長
淚水和笑聲
傷痕與記憶

篩選歲月

那年夏天之後
我開始學習
用山谷裡的風篩選歲月

這不是一件容易的工作：
會分辨時間的人逐漸離開
風聲也日益支離破碎
但是即使當黑暗降臨山谷
還是會有生命的刀划過皮膚
疼痛然而親切

當天空慢慢黑暗
歲月才會因為篩選而更加清晰
作為一個守護者
我在山谷中靜坐

微雨的早晨

說起那些纖細的心情
都是像風化的宮殿一樣古老而複雜吧
我們找一個歲月靜好的地方
坐下來
時間一下子就傾倒了

其實也不是第一次
找一個人共同設計輪迴的顏色
每次都是最清澈的那一刻
然後我們被風觸動

微雨的早晨跟大雨之夜有什麼區別呢
我們都是看著暗色的煙花拉開帷幕
在濕潤的地板上我們種植桃花
在閃爍的眼色裡我們收拾落葉
我也知道沒有什麼合適的理由
只是到了出發的時候，
我們就會一路向北

盤點

就像聖誕節前的商場
一定要盤點一下吧
一年的銷售業績
寄存物品

那些已經售出的還有仍舊庫存的
那些曾經破損的和那些已經修復的

總要有一個時間點
把過去攤開成一個圖表
在那些濃縮了的數字面前
我們回顧過去，再現曾經的輝煌與失敗
有些是成績
也許更多的是我們無法理解的

所謂盤點
其實就是重新來過一遍
哪怕曾經令人不堪

或者無可奈何
盤點就是一個機會
讓我們自己對自己有個交待

動作出賣了我的悲傷
花朵遂在風中凋謝

不抱希望地去愛

那年春天收拾行囊
四月裡去不太遠的遠方
我小心地沿著風吹的路線飛行
胸口上別著一枚綠色的徽章

似乎是要預訂人生的一個場次
好多好多的情節似曾相識
往往是才猜想到結局的剎那
結局就徑直走了過來
剛好成為另一幕的開始

春天有時候也是悲傷的
還有目光裡的那些燈火
還有浸泡在空氣中的那些字
所以時間是無辜的

我們怎麼能抱怨希望這件事呢
我們只能不抱希望地去愛

困頓時代

站在沒有風的街口
親愛的
我想起了你清秀的面龐
在陌生的國度呼吸熟悉的空氣

我舉目四望　只有天寒地瘦
而你
就是唯一的清晰輪廓

夏天的雲冰冷沉重
開滿菊花的城市裡人們神情木然
而我還能做出一些表情
完全是因為你

在這個金黃色的困頓時代裡
親愛的
你是所有憂傷中
最為豐盛的一個

味道

在下雨後的春天
我發現我步行的路線很長
我一個人沉浸在空氣裡
衣服是熨燙過後的味道

那是陽光的味道
也是你的味道
我以為我可以心平氣和地呼吸
但是動作出賣了我的悲傷

就像黎明前退去的夜色
有些味道會像潮水一般枯萎
雖然我依舊在路上步行
而你還是什麼都不知道

那天有霧

那天有霧
我遙指萬城中的一片蒼白
感覺溼氣順手指而下
眼神逐漸模糊

一米之外都看不到什麼了
這大霧如同暴雨中的瞬間
讓我
因為沒有方向而無比踏實
那些無法列舉的
都在霧氣中一一呈現
它們排列成行
而那些我擁有的　能抓住的
則在霧氣中含淚退場

霧中我的目標如此清晰
找一個愛我的人　沉默相對

曾經有人送給我一個夜

曾經有人送給我一個夜
沒有標記的夜

因為黑
我只能在喘息中左右摸索
用記憶模擬出一個大致的輪廓
而夜的味道
在悶熱的世界裡成倍增長
「這是可以彼此擁有的空間，
聞到了幸福嗎？」
你問我，眼神迷離

我為這個禮物身涉險境
而且不知道門在哪裡

於是我在倒映的水面上等你
枯萎的花不斷變換等你的方向
我在大雨的號角裡等你
在拂曉的歌聲響起之前我不會離去

我早就知道

是的就是在那樣的場合
你的笑容像海

也許可以更準確一些
（我最近很在意定義的事情）
像海嘯製造的某些效果：

我的幸福毀滅在時間的角落
我的笑容毀滅在暗夜的天空

因為在你轉身，劈腿，拉開身體的時刻
你的笑容像海
呼吸的距離內淹沒我的花園
一切如同天衣無縫的設計
（是的我早就知道）
我早就知道

都是這樣的吧

我們曾經擁有，然後失去
我們曾經失去，然後變得小心翼翼
我們小心翼翼，然後埋葬

當風景在記憶的後院盛開
前廳的花朵遂在風中凋謝

我曾經走進春天的倉庫
隨手聚斂成箱的密碼和溫度
不厭其煩地
我打開自己的地圖集，鎖定目標
帶著所有的聲音
我默默地走向自己

這就是所謂的真實
在每一個林木生長的國度裡重複
我們只能捫心自問

是不是有那樣的夜晚
我們曾經得到一些什麼
曾經放棄一些什麼

就像戰場上的士兵

就像戰場上的士兵
不論如何幸運
也是會有被流彈擊中的那天吧
我們曾經學習的躲避子彈的那些技巧

其實最終還是無法保護自己

於是就被擊中
於是緩緩倒下
空氣中彌漫著無奈的味道
那是我們之間的硝煙的味道

我無可奈何
只有在硝煙中緩緩倒下
是多麼的不情願啊
我一次次試圖站起
一次次還是倒下

我倒下
滿眼是紅色的天空

滿眼是燃燒過的土地
還有抓不住的地平線
我倒下
就像一個戰場上的士兵

連約定都成為覬覦對象了

連約定都成為覬覦對象了
我們才驚覺真的開始了

你走的晚上月亮暗淡了
所以時間就這樣鏽了

能寫的都變成文字了
只能以花種植成心情了

潮水被陽光曬乾了
目光就越來越暗淡了

你走了
我只有笑了

玩具熊

該怎樣呵護你呢，其實你只是一隻玩具熊

我不能置你於視線之內，讓安全的距離突然拉近
我也不能讓你離開，那樣的話我會不知道要如何撫摸時間
曾經想塗抹距離，讓你我逐漸陌生

然而我們都是失敗的行者，在前行的路上頻頻回顧
我只能面對你，就像面對拉長的一段陽光
微塵泛起，鏡面上的皺褶絲絲入扣

然而我還是會呵護你的，因為你是那隻玩具熊

你曾經是寒冷的氣溫，承載瑟縮的熱情
你也是一條被仔細折疊的圍裙，開始在箱底的靜默
你更是盛裝的夜色，暗中綻放冰冷的花朵
這決定了你是不能被放棄的賭注
我們既然在人生的輪盤裡相遇，就一定要分出勝負

也許，呵護你就是呵護我們自己吧
在風化的海洋裡，我們都是會飛的玩具熊

想起當年也是這樣的段落分明
比昨天的宿醉還清晰

所謂成長

我以為我走開就好了
我以為那些痕跡會像泥土上的水漬
太陽升起，慢慢淡去

有時候想起這樣的誤會
哀傷的畫面比昨天的宿醉還清晰
即使我們什麼也不寫下
記憶已經在那裡了

這一切難道真的都好嗎？
假裝什麼都沒有發生，就不會哭了嗎？
那麼多天我挑選面具
為的是在不同的氣候中適應自己
然而當大雨落下
濕潤的其實就是那一片特定的花園
全世界束手無策

你喜歡那種感覺嗎？
安靜只是為了阻擋
忘記只是為了治癒
為了你我挑選了一扇青銅打造的大門
只是為了不容易打開

所謂成長，也就不過如此

已經想不起那條老街的樣子了

已經想不起那條老街的樣子了
因為雨水　把記憶變成化石
我們用文字搭成書架
一層層放置自己的閱讀歷史
關於夜晚　關於迎風展開的笑容

只是找不到重新翻開的機會
我們就坐在此岸等待
秋天的時候　瓜打尼尼琴的旋律響起
我們才透過水面上的霧氣發現
忽然　就什麼都沒有了

曾經寫過那麼長的信
整個院落都被浸染
我一直以為在沒有山谷的地方
目光可以不被阻擋
可是我們手裡沒有地址
金色的菊花像一個巨大的郵戳
把我們刻在黃昏的信封上

是的我們只能臣服於距離
從左到右　從以前到今天
在顏色逐漸逐漸變淡之前
我們等待

我見過天空是紫色的

我見過天空是紫色的
就像我
曾經蛇行在黃昏的街道上

其實夢境總是在窗縫中開放
所以我見過的
一一陳列在線狀的抽屜中

那些與風擁抱的夜晚
我選擇一再拒絕光明
把記憶的長度壓縮
再捲曲成鐵軌的形狀
然後我鬆手
看見時間站在冰冷的風裡

有些季節是無關氣溫的
我們根據心情分配歲月

想起當年也是這樣的段落分明
期待就沒有意義了
倒也不是梧桐的氣息是多麼逼人
而是因為
我見過天空是紫色的

有一些早晨

你知道嗎？
有一些早晨是顏色昏暗的
這樣的早晨
像慢慢從黎明生長出來的夜

還帶著一種因為不協調而呈現的靦腆
可是氣味濕潤

那些時候我會坐在床邊
對於窗簾外的世界屏息期待
彷彿在一個錯亂的迷宮中期待線索
我惶惶不安但是目光堅定

這樣的早晨我們用狐疑的姿態甦醒
輕輕觸摸世界
如同那是一片易碎的玻璃
或者根本就是一種心情
浸泡其中才能開始洗漱

沒有所謂的曙光和車水馬龍的聲音
沒有蕨類植物開放的華麗
有一些早晨我們安靜地起來
時間像雨水一樣滲入心裡

因為一個日期

有時候僅僅是因為一個日期
是的，一個非常具體的時間點
然後
所有的生活結構全面重組

一切都不一樣了
有些東西從此永遠失去
有些東西開始必須面對
在這個建立在我們的認知之上的世界裡
當我們開始新的感知的時候
一切就都是完全不同的樣子了

因為那樣一個日子
我們從內心開始改變
這就像改變了關鍵詞之後的設計程序
突然之間你發現
再也無法退回

還有什麼比這個
更讓人無奈的事情嗎？

就讓——送給佔中的香港人

隔著雨傘的海洋
我看見你的臉
香港，堅強的你淚流滿面

那就讓大雨落下吧
讓中環的燈火濕潤你的目光
在無法繼續苟且的日子裡
就讓悲傷一滴一滴滲入泥土

就讓淚水培植的土壤
成就新的家園吧
香港
就讓光輝歲月從今天開始

從今天開始
每一個人
在心底，開出一朵自由的花

請接受我的敬意

——獻給香港佔中運動的第二首詩

大雨中街道坍塌了，這才是一切的開始
所有的勇敢都在年輕的嘴角冷笑著
那些槍聲和冒著煙的道路
是你們寫給這個世界的一首情詩

當濃霧在天空掛上謊言的時鐘
那樣的一刻像歷史的馬蹄聲
在耳邊越來越清晰
沒有人願意告別，你們只是選擇放棄
在你們背後，長長的陰影拖著黎明的預言

請接受我的敬意，你們是敲響光明鐘的人

問題在於

看到曾經美好的，現在不再美好；
看見以為凋零的，開出美好的花。
那些紛紛離去的
曾經在淚水中模糊的

曾經清晰如刀刻的痕跡的
變成另一種想像

如此
我們，要怎麼面對曾經呢？
所有的幻覺，迷醉的世界
眼底中逐漸沉沒的希望
曾經，是打不開的鎖
在時間的雨中生鏽的
也盛開了

一切都不是故意的

問題在於
我們是否可以安靜地等候

關於活著那一件事——看周書毅獨舞作品有感

年幼的時候
活著，是關於光明的一則童話
我們在樓梯間蜷縮成一團
在漆黑中用心畫出一盞燈
世界因此變得很大

然後，我們開始觸摸到風的形狀
好多好多的飛翔
活著，就像一種滑行
雙手張開，鋪陳出故事的輪廓
第一次，我們真的熱淚盈眶

年輕的時候
活著，是關於顏色的一種想像
時間像搖晃的索道
我們開始學會喘息，練習掙扎
我們看著光明從黑暗中舒展出來
無法形容

然後，關於活著這一件事

成了很多概念
思念和放棄，接受與懷疑
有些人開始在我們的周圍消失
也有些人，盤踞在心裡，荊棘一般

接著就沒有然後了，我們走在大水之中
絕望的呼嘯隱隱約約，晦暗不明
房間裡落葉滿地

關於活著這一件事
其實就是一次飛行

有些夢想也不需要實現
雨水滲透進時間的縫隙中

時間的餘溫

很多東西是有餘溫的吧
雨水澆滅的篝火
一息尚存的理想
桌上那杯清酒

時間也是

時間也是有餘溫的
它殘留在某一個遇見的街頭
在那些語無倫次的話裡
還有下雨天的一點點小清新
以及計程車的後座上

就像春天裡的夜晚
我們用衣服遮住燈光
寒冷一點一點地沉落

而歌聲依舊有重量
時間的餘溫就像植物
在潮濕的世界裡沉默生長

螢火蟲

燈是瞬間熄滅的
而螢火蟲亮了
世界因此一分為二

一半是天上
一半是人間

於是星星在山坡上閃爍成地圖
夜裡寫下的文字
在清晨的街上流淌成雨水
我們與那些順風而行的歌手
在黑暗中彼此辨認

某些流年已經成為化石
它們隨著時間慢慢枯萎
而另一些則選擇在潮濕的山中
與蝴蝶飛舞

如同走過時光隧道
那一年春天的路線依舊清晰
當我們再次與風一起來臨
螢火蟲亮了

有雨

所以往事因此而潮濕
在洇透的宣紙的味道中
看見自己的過去
因為墨水而暈染開來

在滴答的雨聲裡
我們長大成人

水汽隔開的兩個世界裡
透過木板窗櫺外望
外面的世界漫漶迷離
裡面的世界稜角分明
雨季是我們出發的藉口
到一個陌生的地方去
我們一無所有
只攜帶了雨具

當雨水滲透進時間的縫隙中
異鄉的花在風中飛散

Dido

一切都是關於流淌
在那條秋水一般的街道上
靜默的雨逐漸鋪展石磚
都是灰色的，都是濕潤的

而我
是最灰色而濕潤的那個

有些路是不需要方向的吧
就好像
有些夢想也不需要實現
我們就像那些秋天飄灑的雨星
隨意地抓住一些什麼
自我安慰

是啊一切都是關於流淌
關於從縫隙間流失的沙粒

關於夜色賦予客棧的明亮
關於我們失去的那些
一切都是

曇花

那一夜曇花盛開
我看著屋頂的斑駁樹影
它們似乎即將老去
在冷風中緩慢伸展

這不是可以真實生活的季節
我們稍作遲疑　有些東西就凝結成冰

於是我們只好靜靜地等待
趁著黎明之前悄悄離開

我想到多年以後
也許會有一方時間攤開在眼前
我會笑著對自己說
曾經有曇花盛開過

童話王國

某一個國度的蠟燭面對夜風
不顧寒冷，生命們長途奔襲
其實也就是在凝結冰霜的一瞬間
流亡的青蘋果，紛紛墜落

好吧那也是天空和流星雨
童話的王國

撩起衣襟，河水在眼神中汪洋
剛回頭，已經在歸途上了
我們都曾經是牧羊的少年不是嗎
曾經如同一管風笛
而現在卻渴望蕭條與正義
一個季節的距離

巫師的火焰儲蓄在銀行
現代人的標記啊，我們舉著數字遊行
這也是一種告別

年輕的我走了，腳下是雨
現在的我來了，眼裡是淚

也許需要很久

也許需要很久，
才能懂得一個道理
需要很久
我們才能知道

其實，所有的雜亂與忐忑
所有的等待
所有日月星辰的遊行和解散
以及所有的輪迴
都是一個順序問題

是的其實就是這麼簡單
我們只需要找出時間的表格
然後排列在數字的坐標上
我們就可以什麼都不說了
我們沉默

我們只是觀察，理解和接受
有時
其實只需要看

暮色四合

綠色絲絨一般的時間裡
枯萎始終埋伏著
和我們的承諾一起
長成草蛇灰線的樣子

曾經說好的旅行呢？
那些漫長隧道中
浮動的白色光點呢？

釣魚的人站在水邊
揮桿甩出的不是餌
在他們釣取成就的地方
我們釣的是歲月
我們把自己做成一條屬於自己的繩索
懸掛在河流之上
我們主動放棄距離和記憶
然後坐下
成為一座城市

你還記得遺忘的形狀嗎？

用很多的心情
我們曾經燒製瓷器一般的堅強
瓶口處阡陌相連的紋路
枯燥乾裂
如同存放在倉庫的發黃紙張

暮色四合
一切其實都十分簡單

等候

總有些姿勢，是用來等候的
我們凝固住身形，安心靜坐
華麗的光線像一本闔上的書

等候不需要閱讀

只需要在轉身的瞬間
看見海洋倒懸在夢裡
大雨滂沱中目光蜿蜒行進

也許有一天
時間也會長出苔蘚
我們曾經用陽光包裝過的夢想
會被掛在空無一人的街上
在四月的風中長成大樹
而所有的等候
就是秋天的顏色

我的隱居生活

一、

雨一直在下
秋天已經來了

我在初秋的大寒裡正襟危坐
案上的檀香奄奄一息
在黑暗裡視線有些彌散
我的目光跳動而心如止水

二、

蟲聲月光一樣洩入
把時間鋪滿零亂的房間

我在顫慄中體會溫暖
把你的錦衾緊抱懷中

這就像季節交替時的蜥蜴
南風中皮膚如榕樹一般執著

三、

那些遠處飄來的冰涼的雨
在幾米之外兀自荒涼

而我宛如傳說中的夢遊者
在落葉上靜坐等待黎明

我輕輕開啟角落中的抽屜
於是記憶中的燭光不點自燃

四、

我的隱居生活就這樣開始
在這個秋色如雪的下午

雨打濕了我唯一的木屐
時間成了遙不可及的星星

在冬天到來之前
我不想讓任何人發現

我坐在南方

我坐在南方
河流分叉的夜晚
手握盛開的原野

你種下的桃樹遍尋不見
但是我已經不能離開
那是我唯一的自由

誰能解釋那一刻呢？
星光浮起　葉子的城市落下
浩蕩的青苔上紅色的枝幹盤旋
道路鋪開　我看見滿眼的天空

或者這也是一場無歌伴奏的流放
我們選擇時機　鎖定黑暗
只是為了再次生長出溫柔的觸角
甚至這根本就是記憶的自戀
我們在鏡子裡跳起生活的舞蹈

但是我已經不能離開
因為這是我唯一的自由。

國家圖書館出版品預行編目（CIP）資料

時 間 的 餘 溫： 王 丹 詩 集 / 王 丹 作 . -- 初 版 .
-- 臺北市 : 大塊文化 , 2016.11
面； 公分 . --（walk; 13）
ISBN 978-986-213-744-4（平裝）

851.487 105018753